내가 너랑 놀아 줬잖아

시작하는 소설, 시소

내가 너랑 놀아 줬잖아

초판 1쇄 발행 2024년 3월 15일

글쓴이 이선주
그린이 남수현
편집장 천미진
편집책임 최지우
편 집 김현희
디자인책임 최윤정
마케팅 한소정
경영지원 한지영

펴낸이 한혁수
펴낸곳 도서출판 다림
등 록 1997. 8. 1. 제1-2209호
주 소 07228 서울시 영등포구 영신로 220 KnK디지털타워 1102호
전 화 02-538-2913 **팩 스** 070-4275-1693
다림 카페 cafe.naver.com/darimbooks
블로그 blog.naver.com/darimbooks
전자 우편 darimbooks@hanmail.net

ISBN 978-89-6177-328-7 (42810)

내가 너랑 놀아 줬잖아

글 이선주 그림 남수현

다림

받는 사람 | **남영**

남영아! 오늘 정말 즐거웠어. 3년 만인가? 오랜만에 봤는데도 어색하지가 않아서 신기하더라. 우리 같이 중학교 다닐 때 생각난다. 네가 종종 내 책상 위에 바나나 우유 올려놓고 그랬잖아. 점심 먹고 와서 바나나 우유를 볼 때마다 얼마나 기뻤는지. 데뷔하고 공방하게 되면 꼭 초대할게. 사랑해.

받는 사람 | **혜남**

혜남아, 아니 이제 뉴지나라고 해야 하나.

나도 오늘 즐거웠어. 너 연예 기획사 들어가면서 2학년 2학기에 전학 갔잖아. 그때 이후로 처음이지? 데뷔가 한 달도 안 남았다니 많이 떨릴 것 같아.

학교 다닐 때부터 넌 인기가 많았잖아. 네 얼굴 보려고 인근 중학교, 고등학교 언니 오빠들이 교문 앞에서 기다리고 있던 게 아직도 기억나. 예쁜 애들 중엔 두 부류가 있잖아. 화려하게 예쁘거나 수수하게 예쁘거나. 너는 좀 수수한 편이었지? 다들 네 외모를 두고 말했어. 가장 얇은 미세 붓으로 그린 수채화 같다고. 조용하고 수줍음 많을 것 같은데 말도 잘하고 털털해서 반전 매력이 있다고.

너랑 내가 초등학교도 같이 다녔다는 거 아는 애들이 나한테 네 얘기 많이 물었는데, 그럴 때마다 솔직히 좀 뿌듯했어. 이렇게 잘 나가는 애가 내 친구다, 그런 거 있잖아.

우리나라에서 가장 유명한 연예 기획사에서 데뷔한다는 소문 도니까 관심 갖는 애들이 더 늘었지. 네 실제 성격에 대해서 말이야.

유명 기획사 연습생들은 사진도 많이 찍히잖아. 외모 외에는 모든 게 다 베일에 싸여 있으니까 더, 더 궁금해하는 것 같아. 좋아하는 음식은 무엇일지 성격은 어떨지. 청순한 외모로 깔깔깔 웃는 모습이 방송에 나오면 사람들은 의외라고 하겠지? 내숭 떨지 않는다고 좋아할 거야.

그 기획사에서 나오면 무조건 뜨잖아! 몇 년 열심히 방송하면 몇억은 우습게 벌고. 몇억이 뭐야, 몇십억은 벌걸. 유명 아이돌들 기사 많이 나잖아. 강남에 빌딩을 샀네, 청담동에 집을 샀네 하는 거.

이제 한 달 후면 너에게도 그런 미래가 펼쳐지겠지?

어떤 멤버는 연습생 생활을 10년이나 했다며? 그런

데 너는 딱 3년 하고 데뷔하네. 데뷔하려고 준비만 하다가 끝나는 애들도 수두룩하다던데. 너는 참 운이 좋아.

아, 물론 알아. 3년이란 시간 동안 네가 얼마나 애썼는지. 애들 말로는 하루에 네 시간 자면서 춤, 노래 연습했다며? 다이어트한다고 밥은 아예 안 먹었다고. 오이, 파프리카, 닭가슴살만 먹으면서 3년을 어떻게 버텨? 나는 상상할 수도 없어.

혜남아, 아까 너랑 놀이공원 다녀왔잖아.

네가 도시락도 싸 오고.

조금 낯설었던 건 옛날 도시락이었어.

“우리 소풍 갔을 때 이렇게 먹었던 거 기억나? 완전 추억이지!”

너는 달걀물을 입혀 부친 분홍 소시지를 내 입에 넣어 주며 말했어. 우리 그런 거 같이 먹은 적 없잖아. 요

즘 옛날 도시락 챌린지가 유행이라던데, 그래서 준비한 거야?

"엉망이지? 진짜 한 시간 만에 싸느라 죽는 줄 알았어."

지나친 겸양은 사람을 난감하게 만들어. 어떻게 반응해야 할지 몰라서 "정말이야?"라고만 내뱉었던 것 같아. 네 말대로라면, 너는 많이 먹는데도 살은 안 찌고, 시간에 쫓겨 대충 했는데도 완벽한 도시락을 만들어 낸 거잖아. 너는 정말 대단한 아이야.

화장도 한 듯 안 한 듯 자연스럽더라. 나도 모르게 네 얼굴을 자꾸 힐끗거렸어. 정작 대화할 땐 눈도 잘 못 마주치면서. 이런 내가 너무 싫었어. 나는 왜 이 모양일까.

네가 싸 온 도시락을 먹으면서 너는 내가 널 위해 사다 준 바나나 우유 이야기를 했어. 뚱뚱한 바나나 우유를 빨대로 쪽쪽 빨아 먹으면서 기획사 연습실로 들어

가는 네 사진도 엄청 유명하잖아. 귀엽다고. 분위기는 성숙한데 아기처럼 먹는다고. 술은 입에도 못 댈 것 같다고.

사람들은 정말 너를 몰라.

너 중학교 1학년 때부터 술 마셨잖아.

담배?

그건 뭐.

혜남아, 며칠 전에 나한테 문자 보냈지. 꼭 보고 싶다고. 나는 답장하지 않았어. 곧 네가 찾아오겠구나 예상은 했지만 이렇게 빨리 올 줄은 몰랐어. 잠깐 이야기 좀 같이 하자고 할 줄 알았는데 (아니면 바나나 우유라도?) 넌 놀이동산에 가자고 했어. 나는 어버버하다가 따라갔지.

사실 나도 내가 놀이공원에 따라간 게 이해되지 않아. '파블로프의 개' 실험 알지? 조건 반사 같은 거였을까. 네 말에 무조건 따르게 된 거지.

넌 혼자가 아니었어. 매니저 언니와 매니저 오빠까지 함께 왔지.

너와 내가 놀이기구를 탈 때마다 매니저 언니가 사진을 찍었어. 내가 너한테서 조금 떨어졌나? 매니저 언니가 손짓했어. 더 붙으라고. 나도 모르게 네 어깨에 붙었어. 거절할 수 없었어.

옛날에 그랬던 것처럼.

네가 바나나 우유가 먹고 싶다고 하면 생리통에 몸부림을 치면서도 매점으로 달려갔던 것처럼.

기억나?

혜남아, 아니 지나야, 아까 인스타그램에 내 사진 올렸더라.

몇 년 만의 휴일. 가장 친한 친구와 놀이동산. ♥♥아, 연습생 생활 시작하면서 이런 시간이 얼마나 그리웠는지 몰

라. 다음에 또 가자.

댓글도 바로바로 달리던데.

친구가 부러워요. 저도 누나랑 놀이동산 가고 싶어요. 와! 데뷔 앞두고 있는데 친구랑 놀이동산이라니, 진짜 친한 친구인가 봐요. 보통은 유명 연예인이랑 찍은 사진 자랑하기 바쁜데 언니는 옛날 친구부터 챙기고…. 역시 인성이 됐네요.

읽는데 어질어질했어. 댓글 속에서 너는 사람이 아니라 천사였어, 천사. 연예인들은 참 힘들 것 같아. 천사 아니면 마녀 취급을 받잖아. 뜰 때는 요정이라도 되는 것처럼 찬양하다가 추락할 땐 세상에 다시 없을 괴물처럼 욕하잖아. 나보고 연예인 하라고 하면 못할 것 같아. 물론 내가 이런 이야기를 하면 네 얼굴엔 하고 싶어도 못 한다고 생각할지도 모르지. 나도 내 주제 파악은 해.

연예인은 외모가 출중하거나 말솜씨가 유려하거나 춤이나 노래, 연기 같은 걸 잘해야 하잖아. 나는 뭐, 그냥 평범한 사람 대회에 나가면 1등 할 정도로 평범하니까. 그런 평범한 애가 데뷔를 앞둔 유명 기획사 연습생과 놀이동산에 가다니. 팬들 입장에선 부러울 거야.

혜남아, 그 일을 겪은 지 3년이나 지났는데도 오늘 아침에 네 얼굴을 보는 순간, 손이 부들부들 떨리더라. 과장이 아니야. 처음엔 손이 떨렸고 다음은 가슴과 어깨가, 그러다 온몸이 부들부들. 눈만 끔뻑끔뻑.

'너야? 너, 맞아? 네가 어떻게 나를 찾아와? 네가 어떻게.'

하지만 나는 너의 제안을 단박에 물리칠 수 없었어. 나는 아직 너를 두려워하고 있었거든. 너의 말에 '아니.'라고 말하는 게 나한테는 어려운 일인가 봐. 어쩌다 너를 두려워하게 됐을까.

네가 인스타그램에 올린 사진을 보자마자 데자뷔 같

았어. 이런 적이 있었다고, 분명 과거에 겪었던 일이라고 말이야. 이제 사람들은 믿지 않을 거야. 내가 너에 대해서 말하면 뒤통수를 친다고 욕하겠지.

혜남아, 우리가 처음 친해졌을 때 기억나?

네가 전학 왔잖아, 초등학교 5학년 때. 너한테 내가 숙제도 알려 주고 학교 앞 떡볶이집도 데려가면서 가까워졌지. '너 없었으면 학교 가기 싫었을 거야.' 네가 나한테 한 말, 기억나니? 그때부터 우리는 매일매일 붙어 다녔어.

너는 항상 눈에 띄는 아이였고, 대부분의 아이들은 너랑 친구가 되고 싶어 했어. 애들이 날 부러워했던 거 알아. 가끔은 묻기도 했어. 혜남이랑 어떻게 친해졌어? 내가 글쎄 하고 머뭇거리면 알려 주기 싫구나 하며 섭섭해하기도 했어.

너랑 나는 잘 맞았어. 같은 지점에서 웃고 화내고 또

울었지. 그래서 친구가 됐나 봐. 우린 서로를 알아봤어. 그 시절은 얼마 가지 않았어. 네가 사람들의 주목을 점점 더 끌수록, 나는 네 옆에서 무채색 배경이 되었어. 아이돌도 아닌데 아이돌 같은 아이와 너무 평범해서 존재하는지도 몰랐던 아이가 같이 다닌다는 게 얼마나 우스웠을까. 사실 나는 네가 자랑스럽기도 했어.

그래서 너한테 잘 보이고 싶었던 것 같아. 너의 심기를 거스르고 싶지 않았어. 네가 기분이 좋지 않다고 하면 초조해졌어. 혹시 나 때문일까 싶어서.

네가 바나나 우유를 먹고 싶다고 했던 날이 떠올라.

"그래? 나도 먹고 싶다."

적당히 대꾸하자 네가 다시 말했어.

"아, 매점 가기 귀찮다."

나는 뭐라고 했지?

'나도.'라고 했었나?

그랬더니 네가 한숨을 쉬었어.

"누가 바나나 우유 사 줬으면 좋겠다아!"

이때부터 조금 기분이 이상했어. 나한테 하는 말인가? 아니, 그럴 리가 없잖아. 우린 친구인데. 물론 용돈이 부족할 땐 서로 우유나 초콜릿 같은 걸 사 주기도 했지. 근데 한 명이 다른 한 명의 우유를 사다 준다는 건 좀 이상하잖아. 다리를 다친 것도 아닌데.

"돈 안 가지고 왔어?"

내가 물었어.

네 표정이 점점 어그러졌어. 그러다 눈물을 뚝뚝 흘렸어. 애들이 모여들었어. 왜 그래? 왜 그래? 나도 묻고 싶었어.

"왜 그래?"

"남영아, 미안. 기분 나빴으면 미안해."

그때 있었던 일, 기억나?

나는 잊히지 않아. 살면서 가장 잊고 싶은 기억인데, 되레 시간이 지날수록 또렷이 생각나.

"뭐가?"

내가 되물었어. 너는 아무 말도 하지 않았어. 애들이 너랑 나를 힐끔거리며 수군댔지.

"김남영 뭐야? 혜남이한테 뭔 짓 했어?"

애들이 가고 나서 너한테 물었어.

"바나나 우유 사다 줄까?"

너는 고개를 끄덕였어.

내가 이 일을 지금까지 기억하는 건, 그날 확실하게 느꼈기 때문이야. 너와 내가 다른 사람이라는 걸. 물론 그전에도 알긴 알았지만 그게 우리 관계에 영향을 미칠 거라고는 생각하지 못했던 것 같아. 나는 너랑 내가 친구라고 생각했는데, 너는 인기 많은 네가 나랑 친구해 주고 있다고 생각한 거였어.

이건 좀 다른 문제잖아.

친구인 것과 친구를 해 주는 건 말이야.

바나나 우유를 사서 너한테 건네자 네가 환하게 웃

으며 “역시 너밖에 없어.”라고 했어. 나는 어색하게 웃었어. 그날 밤 잠을 제대로 못 잤어. 나는 나한테 말했어. 친구한테 바나나 우유도 못 사 줘? 너를 미워하기보단 나를 다그쳤지.

그러지 말았어야 했어. 아직도 후회해.

그다음 날도 너는 바나나 우유를 먹고 싶다고 했지? 나는 사다 줬어. 다음 날도 그다음 날도. 그리고 주말이 지나면서 이건 아니라는 생각이 들었어.

“이번엔 네가 사 와.”

내가 말했어.

너는 내 말대로 바나나 우유를 사다 줬어. 그리고 큰 소리로 말했어.

“됐지? 그러니까 화내지 마.”

애들이 우릴 쳐다봤어. 마치 내가 너한테 심부름을 시킨 것인 양 비춰질 만한 말이었어. 그래, 맞아. 내가 너한테 바나나 우유를 사다 달라고 했어. 근데 과정이란 게 있잖아.

"야, 너는 뭘 그런 걸 시키냐."

누가 이 말을 했는지도 기억나지만 이름은 말 안 할게.

그 후로 애들이 우리 둘을 주시하는 느낌이 들었어. 내가 너무 예민한 걸까? 너는 항상 말했잖아. "너는 이상해. 너는 내 소중함을 모르는 것 같아. 다들 나랑 얼마나 친구 하고 싶어 하는데." 그렇게 말할 때마다 내가 너한테 고마워해야 하는 건가 싶어서 난감했어.

사실 애들이 부러운 듯 쳐다볼 땐 내가 뭐라도 된 것처럼 느껴지기도 했어. 우월감이라고 할까? 모두가 날 부러워하는 느낌, 그 느낌은 나를 특별한 사람으로 만들어 주었지.

너랑 계속 친구 하고 싶었어.

우월감을 느끼고 싶었어. 그래서 네 뜻대로 해 준 것인지도 몰라.

"내가 시킨 게 아니라…."

너는 아무 말도 안 했어. 그냥 가만히 있었어.

다음 날 넌 또 말했지. 바나나 우유 먹고 싶어.

나는 사다 줬어, 바나나 우유를.

"남영아, 진짜 고마워. 너밖에 없어."

다음 날도 그다음 날도 사다 줬어. 네가 말하지 않아도 나는 바나나 우유를 사 왔어, 아침마다. 언제부턴가 네가 미지근한 게 싫다고 차갑게 먹고 싶다고 해서 아침이 아닌 점심시간에 사다 주게 됐지만.

어느 날 무슨 이유에선지 바나나 우유를 깜빡한 적이 있었어. 그때 네가 엄청 화를 냈어. 나는 땀을 삐질삐질 흘리면서 사과했고. 내가 정말 잘못한 것 같았거든. 그러다가 현타, 그래 현타가 왔어. 내가 왜 너한테 바나나 우유를 사다 줘야 하지?

그래서 너한테 말해야겠다 결심했을 때 그 사건이 터진 거야. 중세 시대에 행해졌던 마녀사냥이 학교에서 일어난 거야.

네가 전학 간 건 중학교 2학년 2학기지만 지금 기획사에 들어간 건 1학기 때였어. 돌이켜 보니 네가 조금씩 변하기 시작한 것도 그때쯤부터였던 것 같아.

많은 사람들이 이유 없이 너한테 호감을 느낀다는 사실이, 더불어 이유 없이 너를 싫어할 수도 있을 거란 불안을 유발한 것 같아. 그런 불안이 너를 달라지게 한 걸까?

생각하지 않을래.

네가 원래 어떤 사람이었는지는 중요하지 않아.

네가 어떤 행동을 했는지가 중요한 거야.

데뷔 날짜까지 받아 놓고 뮤직비디오 촬영부터 다이어트까지 할 일이 산더미였을텐데 나를 떠올렸다니. 이유가 뭘까?

"그날 우리 나눴던 카톡 대화, 지운 거 맞지?"

헤어지기 전에 네가 여러 번 입을 열었다가 다물더니 결심한 듯 물었어. 아침부터 묻고 싶었을 텐데 잘 참았구나 싶었어. 얼마 전 모 아이돌의 과거가 폭로되고 며칠 지나지 않아 네가 나한테 연락했었잖아.

“남영아, 잘 지내?”

심장이 빠르게 뛰었어.

무슨 일일까? 또 무슨 짓을 하려고?

난 사실 아이돌에게 관심이 없어서 잘 몰랐거든.

“너는 카톡 대화 캡처 같은 거 안 했지?”

“어? 어어. 그렇지 뭐.”

난 대충 얼버무렸던 것 같아. 그리고 전화를 끊고 난 후에 기사를 보고 알았어. 모 아이돌이 과거 친구랑 주고받았던 카톡이 공개되면서 인성 논란이 일었다는 걸. 그 아이돌은 그룹에서 퇴출당하고 계약했던 CF까지 줄줄이 잘리면서 위약금만 몇억을 물어 주느니 마느니 하는 기사가 한동안 연예 면을 도배했지.

불안했던 거구나.

그때부터 솔직히 기분이 좋아졌어. 누군가 나를 마구마구 찌르다 칼을 놓쳤는데, 그걸 내가 쥐게 된 기분? 너라면 어떨 것 같아? 그 칼로 뭘 하고 싶을 것 같아?

받는 사람 | **혜남**

읽었으면서 답장이 없네. 너한테는 아주 먼 옛날 일이라 기억이 안 나려나. 나한텐 어제 일처럼 생생한데 말이야. 아니, 화상을 입은 것처럼 화끈거려. 상처는 사라지지 않아.

혜남아, 너는 너의 이름을 좋아하기도 하고 싫어하기도 했어. 인형 같은 외모와 달리 촌스러운 이름 덕에 사람들은 너의 이름을 웬만해선 잊어버리지 않아. 나는 이름 덕에 네가 더 예뻐 보이는 것만 같아서 내 이름도 바꾸고 싶었어.

그런데 누가 그러더라. 남영이란 이름도 만만치 않게 촌스럽다고. 이름이 문제가 아닌가 봐. 이름과 대비되는 외모가 중요한 거지.

너는 'namnams'라는 계정으로 우리 학교 대나무숲에 글을 올렸어.

어떤 글이었지?

진짜 너의 속마음.

아이들이 너를 평가하는 것처럼 너도 아이들을 평가했어.

홍당무 존나 재수 털려.

거울을 끼고 살면서 자기객관화가 왜 안 될까?

보정 필터가 진짜 지 얼굴인 줄 알아ㅋㅋㅋ

내가 시녀1이라고 부르던 애, 홍당무. 너한테 맨날 예쁘다고 칭찬하면서 알짱거렸잖아. 너랑 되게 친해지고 싶어 했는데 거리를 뒀던 기억이 나. 물론 그 때문에 걔가 나를 많이 미워했지. 걔를 진짜 싫어했던 건 내가 아니라 너였는데 말이야. 앞에서는 예쁘다고 아부하면서 뒤에서는 씹는다고 네가 질색했었잖아.

오디션 보러 다니다가

학교 오면 무슨 원양 어선 탄 거 같음.

리얼 오징어 밭, 우웩.

착해 보여서 같이 다녀 줬더니 내가 지네랑 동급인 줄 앎.

주제 파악이 전혀 안 돼. 얼른 여길 뜨고 싶다.

지겨워. 애들 다 병신 같아. 특히 밥벌레가 젤 짜증 남.

예쁜 척하는 거 재수 없다고 내 얘기 떠벌리고 다니던데

유치해서 못 들어 주겠음. 열폭 작작 했으면.

모르겠어. 네가 왜 그렇게 반 애들을 싫어했는지. 그 마음을 어딘가에 남기지 않고는 못 배길 정도였는지. 왜 그랬어? 묻고 싶어.

너는 대나무 숲에 익명으로 글을 남기면 아무도 모를 거라고 생각했나 봐. 사실 대부분 그렇지. 하루에도

이런 뻘글들이 얼마나 많이 올라오는데. 근데 누가 홍당무, 밥벌레란 별명을 보고 어, 했던 거야.

우리 반에 홍당무와 밥벌레가 있는데?

우연일까? 밥벌레야 뭐 흔한 별명이지만 홍당무는? 그래, 홍당무도 흔한 별명이야. 근데 한 반에 밥벌레와 홍당무가 같이 있을 확률은?

얼마 지나지 않아 반 애들 사이에도 그 글이 퍼졌어. 홍당무가 본 거야.

그리고 그때부터 시작됐어! 범인 찾기가.

너희들 봤어? 봤지?

무슨 놀이 같았어. 마녀사냥 같은?

찾기만 해 봐라, 이런 심리가 팽배했어. 분위기란 게 이상해. 한번 한쪽으로 기울어지면 걷잡을 수 없이 쏠려 버려. 마치 목적지 없는 기차처럼. 아니지, 브레이크 없는 기차라고 하는 게 맞겠지.

난 솔직히 딱 보고 알았어.

너구나!

너에게 단짝은 나뿐이니까 너에 대해 잘 알고 있는 사람도 아마 나밖에 없을 거야. 너는 사람들의 평가가 곧 너 자신인 사람이잖아. 그래서 너도 누군가를 늘 평가해.

쟤 진짜 짜증 나. 나랑 사진 찍자고 해 놓고는 일부러 나 못 나온 사진만 올려. 그런다고 지가 더 예뻐 보일 줄 아나? 쟤 웃기는 게 뭔지 알아? 일부러 내 귀에 들리게 재가 예쁘다고? 그런다. 근데 나랑 둘이 있으면 또 살갑게 구는데 진짜 토 나와. 솔직히 쟤, 나한텐 한참 안 되잖아. 쟤랑 비교당하는 것 자체가 수치야.

너는 갈팡질팡했어. 사실 너 스스로 연예인 꿈을 가졌던 건 아니었잖아. 길거리를 다닐 때마다 시선을 받다 보니 연예인이 되어야겠다고 생각한 거였지.

"정혜남은 아니겠지? 설마."

누가 그랬어. 오디션이란 말 때문인 것 같아. 우리 반에서 오디션 보러 갈 애들이 몇 명이나 됐겠어? 아까 말했지만 그때 우리 반 분위기는 과열돼 있었어. 대나무 숲에 글을 올린 애를 찾아내면 마치 죽이기라도 할 것 같았지.

홍당무가 그랬잖아.

"아, 씨발! 지는 얼마나 예쁘길래. 나보다 안 예쁘면 죽여 버릴 줄 알아."

'처음엔 혜남인가?'였는데 '정혜남밖에 없어.'로 분위기가 바뀔 무렵, 갑자기 애들이 나를 지목했어. 김남영 아니야? 물론 앞에서는 말하지 않았어. 내가 지나가면 자기들끼리 속닥거렸어.

황당하면 웃음이 나는 거 알아? 근데 웃어넘길 얘기가 아니었어. 어느 순간부터 애들이 나한테 말을 걸지 않았어. 여전히 너한테는 친한 척하고 사진 찍자고 하고 오디션 가서 누구 봤는지 물었고. 이상하다고 생각했어. 어디서부터 잘못된 걸까? 애들은 왜 나일 거라고 생각한 거지?

그 계정으로 작성한 글 중엔 이런 것도 있었어.

우리 담임, 체육이랑 불륜이다.

진짜 토할 것 같아.

네가 그랬잖아, 나한테. 체육이랑 담임, 타임스퀘어에서 봤다고. 우린 인천에 살아서 타임스퀘어에 갈 일이 없잖아. 넌 오디션 끝나고 갔다고 했나? 둘이 분명 팔짱을 끼고 있었다고. 설마 둘이 불륜인 걸 모두가 아는 건 아니겠지.

너랑 단짝이긴 했지만 그렇다고 다른 애들하고 아예 담쌓고 지내는 건 아니었는데 나한테 의심이 쏠리자 아무도 내 자리에 오지 않았어.

"너 아니야?"

점심시간이 끝날 무렵, 너한테 용기 내서 물었어.

너는 뭐라고 대답했지?

"나한테 덮어씌우는 거야?"

그러자 홍당무가 가장 앞장서서 나를 지목했어.

"너잖아, 너!"

나는 멍했던 것 같아. 무슨 말을 해야 할지 몰랐어. 무슨 일이 벌어지고 있는 거야? 오디션 같은 건 본 적도 없는 나를 왜 지목하는 거야?

"내가 오디션을 봤어? 내가 너한테 홍당무라고 부른 적 있어?"

항변해도 소용없었어.

"너 아닌 척하려고 오디션을 봤네 어쩌네 연막 친 거겠지."

"아니야! 나, 아니라고!"

모르겠어. 내가 이걸 왜 해명해? 내용만 봐도 딱 너인데. 애들이 알면서 나를 몰아간다고 생각했어. 왜냐하면 내가 만만하니까. 애들은 날 미워했거든. 잘난 것도 없으면서 잘난 애 옆에 붙어 있다고.

잘난 애보다 잘난 것도 없는데 잘난 애 옆에 있는 애가 더 미운 걸까? 그 심리는 아직도 이해가 안 가.

"증거 있어?"

홍당무한테 말했어. 당연히 없다고 할 줄 알았지. 없을 테니까. 내가 아니니까. 홍당무를 필두로 애들이 우리를 둘러쌌어.

"너, 나한테 밥벌레라고 했냐?"

밥벌레도 나한테 따졌어.

"네가 누굴 외모로 까는 건 좀 아니지 않냐?"

이런 말을 하는 애들도 있었어.

누가 말했는지도 생생히 기억나. 그날의 공기도. 너를 봤어. 네가 양심 고백이라도 할 것 같아서. 그런데 너는 태연한 얼굴로 아무것도 모르겠다는 표정을 짓고 있었어. 어떻게 그럴 수 있어? 너 때문에 내가 이렇게 당하는데? 친구잖아, 우리. 설령 친구가 아니더라도 자기 때문에 누군가 부당한 오해를 받게 됐으면 도와줘야 하는 거 아니야? 근데 너, 너 때문이었잖아.

"너잖아, 너. 왜 그래? 왜 그러는 거야."

"왜 나한테 그러는 거야? 응?"

"너니까. 너잖아. 네가 한 거잖아."

나는 울고 싶었어. 네가 너무 억울해해서. 네 표정이 진심 같아서. 그때 홍당무가 내 손에 들린 핸드폰을 가리켰어.

"보면 알겠네."

그때 어둠 속에 한 줄기 빛이 내린 기분이었어. 그래, 핸드폰을 보면 되잖아. 난 곧바로 내밀었어. 당당했으니까.

"봐 봐. 나 인스타밖에 안 해."

물론 문제의 그 앱도 깔아 두긴 했어. 내가 좋아하는 만화 정보 얻으려고. 한때 열심히 하다가 접속하지 않은 지 오래됐지만 그래서 그렇게 말했는데 홍당무가 그 앱을 찾아냈어.

"깔긴 했는데, 안 한다고."

홍당무가 그 앱을 누르니까 뭐가 나왔게?

namnams 계정으로 로그인된 화면이었어.

어떻게 그런 일이 가능했을까?

내 핸드폰을 만질 수 있는 사람은 너밖에 없잖아. 내 비밀 패턴을 아는 사람 말이야.

"네가 한 거야?"

"무슨 소리야, 김남영! 네 핸드폰이잖아. 왜 내 탓을 해? 너 진짜 무섭다."

너의 얼굴이 벌게졌어. 아이들도 우리를 흥미롭게 지켜봤어. 나는 뭐라고 말했어야 했을까?

namnams가 쓴 글엔 애들 외모 비하만 있던 게 아니야.

해파리 기초 수급이라던데, 아이폰은 어디서 남?

그러니까 점점 믿게 되잖아.

걔가 원조 교제 한다는 소문ㅎㅎ

이런 글도 있었어. 작성 글이 100개가 넘었으니 별말 다 있었지. 해파리를 쳐다봤어. 나를 벌레 보듯 보고 있더라.

내가 아무리 아니라고 해도 애들은 이미 나라고 못 박은 듯했어. 더 이상 너를 바라보지 않았어. 그렇다고 해도 바뀌지 않을 걸 알았으니까. 느꼈으니까. 그리고 그 뒤로 어떻게 됐지?

말하지 않아도 알 거야.

아침에 학교에 가면 내 책상 위엔 쓰레기들이 가득했어. 아무도 나랑 대화하지 않았어. 너는? 너는 급식실에 같이 가 주고 말을 걸었지. 그런데 이상한 게 보통 왕따한테 말 걸면 말 건 애도 왕따가 되잖아. 근데 넌 예외였어. 오히려 이런 상황에서도 나를 챙긴다고 애들이 추켜세웠지.

너 되게 치밀했잖아.

홍당무한테 대나무 숲 글을 들킨 후에 마지막으로 올라온 글은 이거였어.

아이돌 연습생도 준 연예인인가 봐.

몸매 관리도 빡세게 해야 하고 사생활 통제도 심하더라.

옆에서 보는데 안됐더라고.

마지막 글이 오해의 시작이었던 거지. 아이돌 준비하는 애가 우리 반에 너 말고 누가 있겠니? 또 그걸 옆에서 보는 애는 나 말고 누가 있겠고. 넌 정말 치밀했어.

혜남아, 나한테 왜 그랬어?

나는 애들이 왜 내 말이 아닌 네 말만 믿었는지보다 그게 더 궁금해. 그게 너무 궁금해서 너한테 연락하고 싫었던 적이 한두 번이 아니야. 그 일이 있고 얼마 안 돼서 너는 홀연히 떠났어. 기획사와 이미 계약된 상태였고 기획사 근처 학교로 전학 간 거더라고.

너 왜 계약한 거 말 안 했어?

그리고 왜 네가 한 짓을 나한테 떠넘겼어? 너만 빠져나왔으면 되는 거잖아. 나를 제물로 바칠 필요는 없던 거잖아. 왜 그랬어? 정말 궁금해.

받는 사람 | **남영**

남영아, 문자 받고 메일 바로 확인했어. 네가 무슨 이야기를 하는지 모르겠어. 며칠 전에 네가 홍당무라고 불렀던 지혜를 만났어. 홍지혜. 안 그래도 그때 이야기가 나왔어. 우리에게 모두 상처였잖아.

기획사 들어간 이야기 못 한 건 미안해.

회사에서 말하지 말라고 했어. 연습생 신분인데도….

지혜가 나한테 묻더라. 왜 끝까지 너를 감싸 줬냐고.

친구니까, 친구라서 그랬어.

혹시나 그때 일이 다시 벌어진다고 해도 결과는 같을 거야. 왜냐하면 그게 사실이니까. 네가 혹시 다른 생각 안 했으면 좋겠어.

받는 사람 | **혜남**

혜남아, 왜 그런 거야? 그것만 말해 줘. 뭘 하려는 게 아니야. 궁금해서 그랬어. 왜 그런 짓을 했어?

너 전학 가고 나서 내가 당했던 일들 말해 줄까?

무시와 욕 같은 건 괜찮았어. 아니 괜찮지 않았지만 가장 힘든 건 외로움이었어. 내 마음을 알아주는 사람이 아무도 없다는 외로움 그리고 배신감.

나도 지혜를 만났어, 홍당무.

왜 그랬냐고 물었더니 전혀 다른 대답을 하더라.

"그러고 싶었으니까."

애들은 네가 그런 짓을 했다고 해도 너를 왕따시킬 마음이 없었던 거야. 애초에 누가 했는지는 중요한 게 아니야. 그냥 짓밟고 싶은 누군가가 필요했는데 너는 안 되고 나는 됐던 거지.

"그럼 넌 내가 아니란 걸 알고 있었던 거야?"

내가 물었더니 지혜가 고개를 갸우뚱했어.

"긴가민가했어."

왜 사실을 알려고 노력하지 않은 걸까?

나는 모든 게 이해되지 않아.

받는 사람 | **남영**

남영아, 인제 그만 상처에서 벗어났으면 좋겠어. 내가 도울게. 그런데 너랑 나랑 나눴던 카톡 대화 있잖아. 진짜 지운 거 맞아?

어릴 때 나눴던 이런저런 철없는 농담이나 장난 같은 것도 조심스러운 내 입장 이해하지? 사람의 기억력이란 게 믿을 게 못 되잖아. 벌써 몇 년 전 일이야. 폰 바꾸면서 기록이 다 삭제됐나 봐. 내가 너한테 어떤 말을 했는지 모르겠어.

최근에 모 아이돌 멤버가 장난치다가 '썅년아'라고 했는데 앞뒤 다 자르고 욕한 부분만 편집해서 '아이돌 J양 욕설 논란'이라고 난리가 났잖아. 물론 욕한 건 잘못이지. 그런데 편집되지 않은 영상을 봤더니 다른 멤버가 안티팬한테 공항에서 쌍년이라는 욕을 들었다고 하길래 정말 '쌍년아'라는 말을 들었냐고 되묻는 영상이었더라고.

내 말 무슨 뜻인지 알지?

아이돌 연습생이 아니더라도 카톡 대화를 조각조각 잘라 조작하면 논란이 되지 않을 사람은 단 한 명도 없을 거야. 그렇지?

받는 사람 | **혜남**

내가 그 사건의 증거를 가지고 있는지 궁금해 미칠 것 같지? 안 말해 줄 거야. 네가 나한테 왜 그랬는지 말하지 않은 것처럼.

데뷔 축하해.

받는 사람 | **혜남**

또 찾아올 거라고는 생각하지 못했어. 아니야, 어느 정도 예상은 했던 것 같아. 댓글 주인이 나라고 의심하는 거지?

녹음기도 가져온 거 알아.

아이돌 그룹 데뷔시키려면 몇억이 아니라 몇십억이 든다고 하더라. 그렇게 돈을 많이 들여서 데뷔시켰는데 학폭 논란 터지면 끝이니까 기획사에서 주변 정리하는 거잖아. 몇몇은 거리낄 게 없다고 했을 테고 너는 내 이야기를 했겠지.

매니저 언니가 말했어.

"둘 사이에 오해가 있다고 들었어."

오해라니. 정말 우리가 나눈 게 오해야?

나는 둘만 이야기하고 싶다고 했어. 집 앞 공원에서 버블티를 한 잔씩 들고 우리는 마주 앉았지.

그리고 말했어.

예전에 보냈던 카톡에 대해서.

넌 네가 한 짓을 나한테 뒤집어씌우면서도 죄책감 따위 없었던 거야. 그렇게 그냥 잊어버린 거야. 홀연히 사라져서 몇 년 동안 연락 한 번 없었던 것처럼. 그런데 어떻게 갑자기 내 생각이 난 거야? 네가 나한테 한 짓, 아무것도 아니라고 생각했잖아.

뉴지나 재, 중학교 때 대나무 숲에 반 애들 뒷말하다가 걸려서 전학 갔잖아. 세상에 영원한 비밀은 없으니까 데뷔하면 알려지겠지. 재가 어떤 애인지.

데뷔가 임박한 대형 기획사 여자 아이돌 그룹 멤버라고 여러 매체에 사진이 올라왔어. 기획사에서 뿌린 거겠지. 거기에 달린 댓글 때문인 거지? 사진 올라온 곳마다 댓글이 달렸으니 몰랐을 리 없겠지. 네가 본 건지 기획사에서 보고 물어본 건지는 모르겠지만 그때부터 바빠진 거야. 어떻게든 막아야 하니까.

그런데 그 댓글, 내가 쓴 거 아니야. 나도 그 댓글 보고 엄청 놀랐거든.

물론 너는 믿지 않았지만. 너의 관심사는 딱 하나야. 나한테 증거가 있느냐 없느냐. 그러면서 또 덧붙였어.

"우리 그때 나눴던 카톡 대화, 가지고 있어?"

너랑 그 사건에 대해 대화를 나눈 건 딱 한 번이었어. 그때 이후로 내가 너한테 전화하거나 문자 보내면 무시했잖아. 학교에선 나를 감싸 주는 척 친절하게 굴면서. 아무에게도 밝히지 않았지만 그때도 넌 연습생이었잖아.

그렇게 조심하는 애가 왜 그런 카톡을 남겼을까?

아마도 속으로만 생각해도 될 일을 굳이 대나무 숲에 남겼던 것과 같은 이유겠지? 사람은 말하고 싶어 하니까. 자기 마음을. 그래서 나한테 이런 카톡을 보낸 거야.

미안해, 남영아.

나도 모르게 그랬어. 겁이 났나 봐.

한 번만 너인 척해 주면 안 돼?

내가 너랑 놀아 줬잖아.

우린 처음부터 잘못된 관계였던 거야.

놀아 줬으면 안 돼. 놀았어야 해. 네가 학교에서 유명해지면 질수록, 그로 인해서 애들이 너랑 친해지고 싶어 하면 할수록 너는 손해 보는 마음이 들었던 거야. 이렇게 대단한 내가 너랑!

우린 애초에 평등한 관계가 아니었던 거야.

받는 사람 | **혜남**

메일이 자꾸 반송되네. 티저 잘 봤어. 정말 예쁘더라. 원래도 예쁜데 전문가들이 헤메코 다 손봐 주니 얼마나 예쁘겠어. 내일이 데뷔네. 오늘 또 댓글이 달렸더라.

[인성 영역] 다음 중 뉴지나가 과거에 했던 행동을 모두 고르시오. (난이도 하)

① 대숲에 반 애들 저격하기

② 외모 평가, 가난 조롱, 루머 생성 등 골고루 먹이기

③ 저격한 거 걸리니까 다른 애한테 뒤집어씌우기

④ 뒤집어쓴 애 따당하는 거 미소로 관전하기

⑤ 이 모든 일을 덮은 채, 멋지게 데뷔하기

나도 누군지 궁금해.

우리 이야기를 다 알고 있는 애일 테지? 그렇다면 묻고 싶어. 다 알고 있으면서 왜 내가 마녀사냥당하는 걸

지켜보기만 했는지.

애들은 내가 지나가면 눈을 흘겼어. 스치기라도 하면 짜증 내면서 대놓고 욕하기도 했지. 지옥 같았어. 반년 내내.

3학년 올라가서야 전학 갈 수 있었어. 나를 모르는 곳으로. 그런데 애들은 참 지독하더라. 전학 간 학교 애들이 그 일을 알고 있는 거야. 학원에서 들었대. 우리 학교 왕따 너네 학교로 전학 간다고…. 정말 지독해.

너한테 말은 안 했지만 나 정신과 다녀. 공황장애라고 알아? 반년 동안 괴롭힘을 당하면, 그 괴롭힘이 억울한 누명 때문이라면, 그 누명을 씌운 사람이 가장 가깝게 지냈던 친구였다면, 제정신으로 살 수 있겠니?

나는 이 일이 세상에 드러나는 게 싫었던 사람이야. 그럼 내가 가해자로 알려질 테고 또다시 마녀사냥을 당할 텐데 내가 왜 그런 짓을 하겠어?

넌 번지수를 잘못 짚었어.

내가 아니라 그때 우리를 둘러쌌던 애들 중 진실을 알고 있는 애를 찾아갔어야 해. 진실을 알고 있으면서도 밝히지 못한 애. 진실이 드러나면 자신도 해를 입을까 봐 진실을 감춘 애를 말이야.

애들이 나한테 돌을 던지니까 함께 던졌지만, 실은 내가 아니란 걸 아는 애들도 있었던 거야. 알면서도 분위기를 거스를 수 없었을 테지.

원래 그런 법이야. 남들이 돌을 던지면 표적이 뭔지도 모르면서 자신도 던져. 연예인들 학폭 사건 터지잖아. 그럼 그 말의 진의를 확인할 새도 없이 욕부터 해. 돌을 손에 든 사람에겐 그저 신호가 필요할 뿐이거든. 돌을 던져도 좋다는 누군가의 신호가.

스타트!

받는 사람 | **혜남**

팬들이 퇴출 총공 하고 있다는 얘기 들었어. 기초 생활 수급 받는다고 까 내린 건 좀 컸지. 뒷말한 것도 문제가 있지만, 국민 정서에도 크게 반하는 일이니까. 국민 정서, 그거 법보다 무서운 거잖아. 누군 음주 운전에 경찰 폭행을 저지르고도 금방 복귀했는데, 누군 휠체어 탄 이웃을 엘리베이터에 태우지 않으려고 닫힘 버튼을 누른 죄로 아직도 복귀를 못하고 있으니까.

하다 하다 네가 유치원 때 다른 애를 거지라고 놀렸다던 얘기까지 나오더라. 누구는 네 눈빛에 상처받아서 3박 4일을 울었다고 하고, 또 누구는 너한테 화장실에서 맞았다나…. 내가 아는 넌 손절을 하면 했지 누굴 때릴 애는 아니야.

한번 너를 나쁜 아이라고 낙인찍고 나니까 네가 뱉는 숨조차 탁해 보이는 거야. 여론이 그렇게 무섭더라. 하긴 나도 겪었으니까. 내가 대나무 숲에 글을 쓴 범인

으로 찍힌 후론 웃는 것도 가식이라고 조롱받았거든.

그렇다고 네가 안됐다는 말은 못 하겠어. 그렇게 마음이 넓지 않으니까.

대나무 숲에 글 쓴 건 네가 아니라고 인터뷰한 기사도 봤어. 해파리가 네가 한 거라는 증거를 밝혔는데도 그러고 싶어?

너는 그때 알았던 거야. 우기면 된다는 걸.

갑자기 너한테 문자와 전화가 오는데, 내가 짐작하는 그 이유는 아니겠지. 너도 내 메일 스팸으로 돌렸잖아. 나도 이 메일을 끝으로 너의 메일, 문자, 전화 다 차단할 거야. 너 혼자 잘 헤쳐 나가 봐.

안녕!

받는 사람 | **남영**

나 해파리, 그러니까 해영이야.

너한테 사과하려고 연락했어. 너무 늦었지?

그때 네가 그런 게 아니란 거 알고 있었어. 증거도 있었고. 그런데 말하지 못했어. 내 이야기가 회자되는 게 싫었거든. 숨고만 싶었어. 이런 건 해명한다고 되는 게 아니잖아. 긁어 부스럼처럼. 우리 집이 기초 생활 수급 대상인 것도 맞고 내가 아이폰 산 것도 맞아. 아르바이트했어. 학교 끝나고부터 새벽까지. 그게 너무 갖고 싶어서.

남들은 성적만 잘 나와도 부모님이 사 주잖아. 그런데 나는 아르바이트까지 해 가면서 겨우 사는 게 부끄러웠어. 우리 집이 가난한 게, 그게 마치 내 죄 같았어. 가난한 것도 가난을 들킨 것도 그냥 다 창피해서 그래서 모른 척했어, 네 일.

홍당무가 혜남이랑 대화하는 거 들었어. 홍당무도

알고 있었어. 네가 한 짓이 아니라는 거. 혜남이가 홍당무한테 사과했거든. 미안하다고. 홍당무가 그럴 수 있다고 했어. 홍당무는 혜남이를 좋아했거든.

애들은 널 미워했어.

가진 건 쥐뿔도 없으면서 잘난 척한다고 생각했어. 특히 혜남이랑 친한 게 거슬렸어. 모두가 친해지고 싶어 하는 아이가 누가 봐도 별 볼 일 없는 애랑 친하다는 게 아니꼬웠던 거야.

미안해.

알면서도 모른 척한 거.

네 생각 하느라 잠을 못 잤어. 정의감이나 양심 때문만은 아니야. 역 폭로 당할 것 같은 불안감 때문이었어. 똥 묻은 개가 겨 묻은 개 보고 뭐라고 한다고 할까 봐. 내 신상이 털릴까 봐. 그때 처음으로 진지하게 스스로를 직면하게 됐어. 나만 억울하다고 생각했는데 실은 나의 침묵으로 또 다른 피해가 생겼다는 걸 너무 늦게야 깨달았어.

실제로 이 일을 폭로하고 나서 내가 초등학교 때 괴롭혔던 애한테 연락이 왔어. 난 기억에 없는데 내가 자기를 은따시켰다고 하더라. 걔가 좀 이상한 것 같아서 거리를 둔 적은 있지만 은따를 시킨 기억은 없어. 딱 한 번, 애들한테 쟤 좀 이상한 것 같다고 놀지 말라고 얘기하긴 했지. 그래 맞아. 나는 그냥 조금 멀리했을 뿐인데 걔 입장에선 은따를 당한게 된 거야. 나를 얼마나 원망했겠어? 그런 애 눈에 대나무 숲 기사가 눈에 들어온 거야.

내가 던진 돌이 나에게 돌아온 것 같아.

나는 얼마나 많은 돌을 던지고 살았을까.

혜남이 일을 폭로하고 남은 건 기쁨이 아니라 불안감이라는 게 아이러니하네.

안녕, 언제나 잘 지내.

SSU에서 데뷔 예정이었던 걸그룹 5인 체제에서 4인 체제로….

안녕하세요. 아이돌 밀착 취재 리포터 김상면입니다. SSU의 차기 걸그룹, 핑크 레볼루션이 하반기 데뷔를 앞두고 5인 체제에서 4인 체제로 멤버를 조정하겠다고 발표했습니다. 연습생 과정이 유튜브 채널에 공개되면서 데뷔 전부터 두터운 팬덤을 형성하고 있었는데요.

지난 7일, 뉴지나(17세)의 비공개 SNS 계정이 알려지면서 학폭 논란이 일었습니다. 뉴지나가 익명으로 남긴 글에는 같은 반 친구를 기초 생활 수급자라고 비하한 내용이 담겨 있었습니다. 피해자가 이를 직접 폭로하면서 과거의 행적이 일파만파 퍼졌습니다. 심지어 자신의 가해를 또 다른 친구에게 덮어씌운 사실까지 드러나며 대중들은 크게 분노했습니다.

모순적이게도 뉴지나 또한 어린 시절 가정 형편이 어려웠다고 하는데요. 이혼한 부모가 서로 양육권을 미룬 탓에 할머니 손에서 자랐다고 합니다. 눈에 띄는 외모와 밝은 성격으로 이웃들 사이에서도 평판이 좋았으며, 생활 기록부 또한 모범적이었습니다. 특히 아픈 할머니와 단칸방에 살며 '돈 많이 벌어서 할머니를 편하게 해 드리는 게 소원이다.'라고 말하는 어린 뉴지나의 영상이 공개된 뒤 '효녀돌'로 불렸던 탓에, 이번 사건은 더욱 큰 충격을 안기고 있습니다.

뉴지나의 데뷔가 무산되자 '죗값을 받는 게 당연하다.'는 의견과 '한쪽의 이야기만 들어선 알 수 없다.'는 의견 그리고 '미래가 창창한 젊은이에게 기회를 빼앗아 버리는 건 너무하다.'는 의견으로 반응이 다양하게 갈렸습니다. 일부 과격한 팬들은 폭로자를 색출해 죽여 버리겠다는 협박까지 남겨 경찰이 조치 중에 있습니다.

한편, 뉴지나가 취재를 거부하며 남긴 말이 논란의 불씨를 더욱 키우고 있는데요. 녹취된 내용은 다음과 같습니다.

"지나가면 수군거려요. 예쁘다더니 실물은 별로네, 뒤에선 싸가지 없다더라, 잘사는 척하는데 가난하다더라. 저는 그냥 가만히 있을 뿐인데 멋대로 평가를 해요. 자기네들은 그래도 되고, 저는 그러면 안 돼요?"

힘의 균형이 깨지는 순간

학교는 잔인하다. 성격, 가치관, 외모, 가정 환경이 천차만별인 아이들을 (대부분) 같은 나이, 같은 동네에 산다는 이유로 한 공간에 몰아넣고 잘 지내라고 한다. 그게 얼마나 어려운 일인지 공동체 생활을 해 본 사람이라면 알 것이다.

학교를 다니는 내내 불행했던 건 아니지만 불안했다. 오랜 시간 흘러서야 내가 학교만이 아니라 사람들이 많은 공간 자체를 두려워한다는 걸 알았다. 나에 대해 파악하고 나서 되돌아보니 괴로운 일만 있진 않았다.

친구와 선생님 뒷담화를 하는 것도 즐거웠고 좋아하는 책 이야기나 드라마 이야기를 나누는 것도 즐거웠다. 서로의 비밀을 꺼내 놓으며 평생을 함께할 것처럼 굴다가도 사소한 일 하나에 토라져 다시는 안 볼 것처럼 굴기도 했다. 의자에 가만히 앉아 있는 것처럼 보여도 하루에도 열두 번 천국과 지옥을, 온탕과 냉탕을 왔다 갔다 했다. 나만이 아니라 대부분의 친구들이 그랬다.

친했던 친구가 갑자기 냉랭하게 군다거나 무리에 끼지 못해서 전전긍긍했던 시간들도 떠오른다. 모두 평등하다지만 학기 초가 지나면 이내 서열이 생기곤 했다. 선생님도 학생들을 평등하게 대하지 않았다. 그들이 나빠서가 아니라 사람이라서, 사람들이 모이면 일어나는 일들이 일어난 것이다.

교실에서 힘의 균형이 깨지는 순간을 포착함으로써 우리를 돌아보고 싶었다.

괴로워서 외면하고 싶은 마음을 붙잡고 교묘한 배제와 차별이 이뤄지는 교실에 대해 쓰기 시작했다. 힘의 우위에 따라 차별하고 '나만 아니면 돼.'라는 이기적인 마음들이 교실 안을 휘젓고 다녔지만, 타인이 가진 상처를 발견하고 동질감을 느끼고 회복하려고 노력하는 마음의 힘도 만만치 않았음을 뒤늦게 깨닫는다.

의미 있는 작업이었길 바라 본다.

이선주

hapari 님 외 35
jina.you 몇 년 만의 휴일.
면서 이런 시간이
댓글 405개 모두 보기
minami 와! 데뷔 앞두고

아합니다
친구와
생 생활 시작하
그리웠는
구랑 놀
친구인가 봐